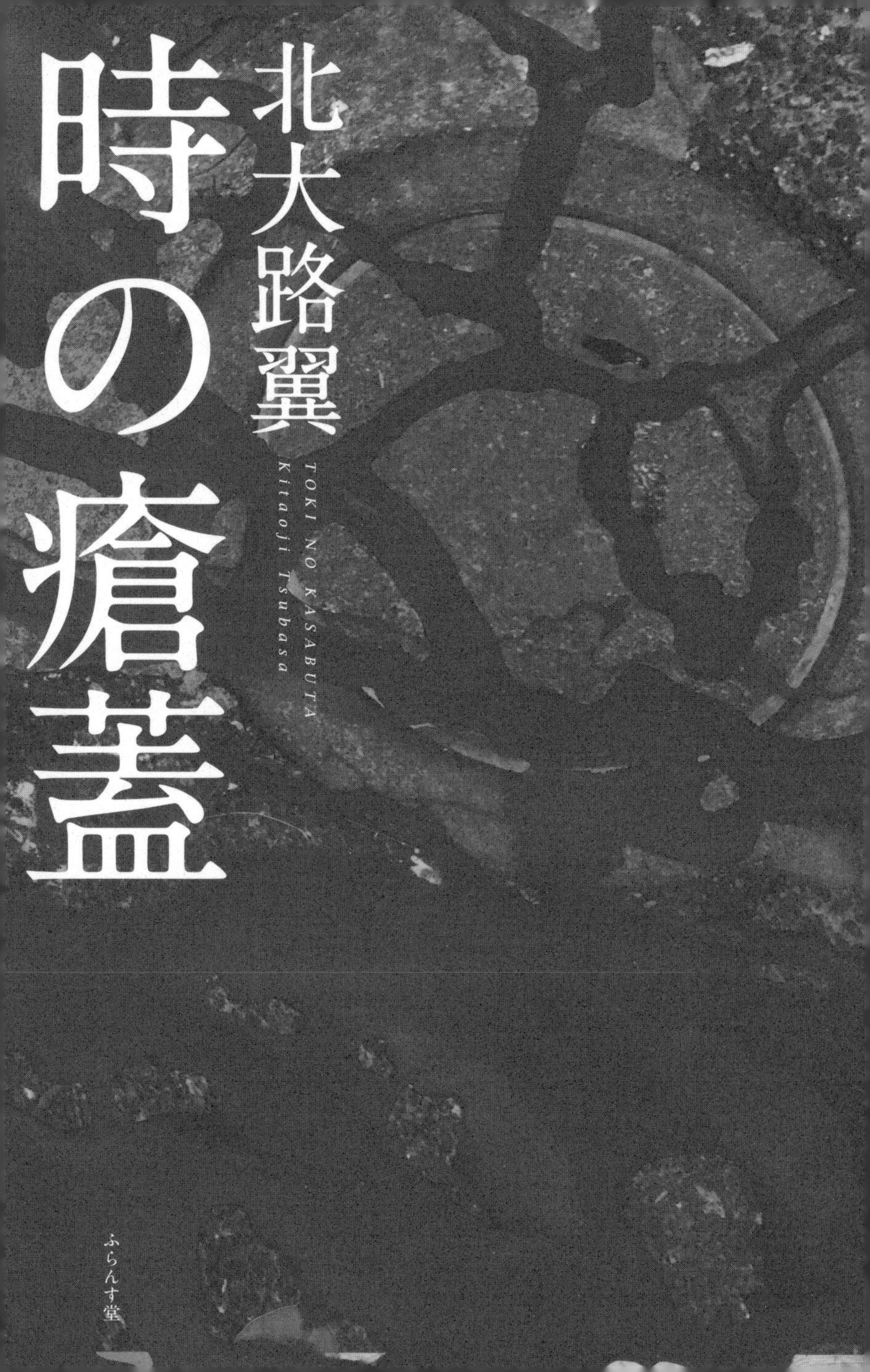

時の瘡蓋

北大路翼

TOKI NO KASABUTA
Kitaoji Tsubasa

ふらんす堂

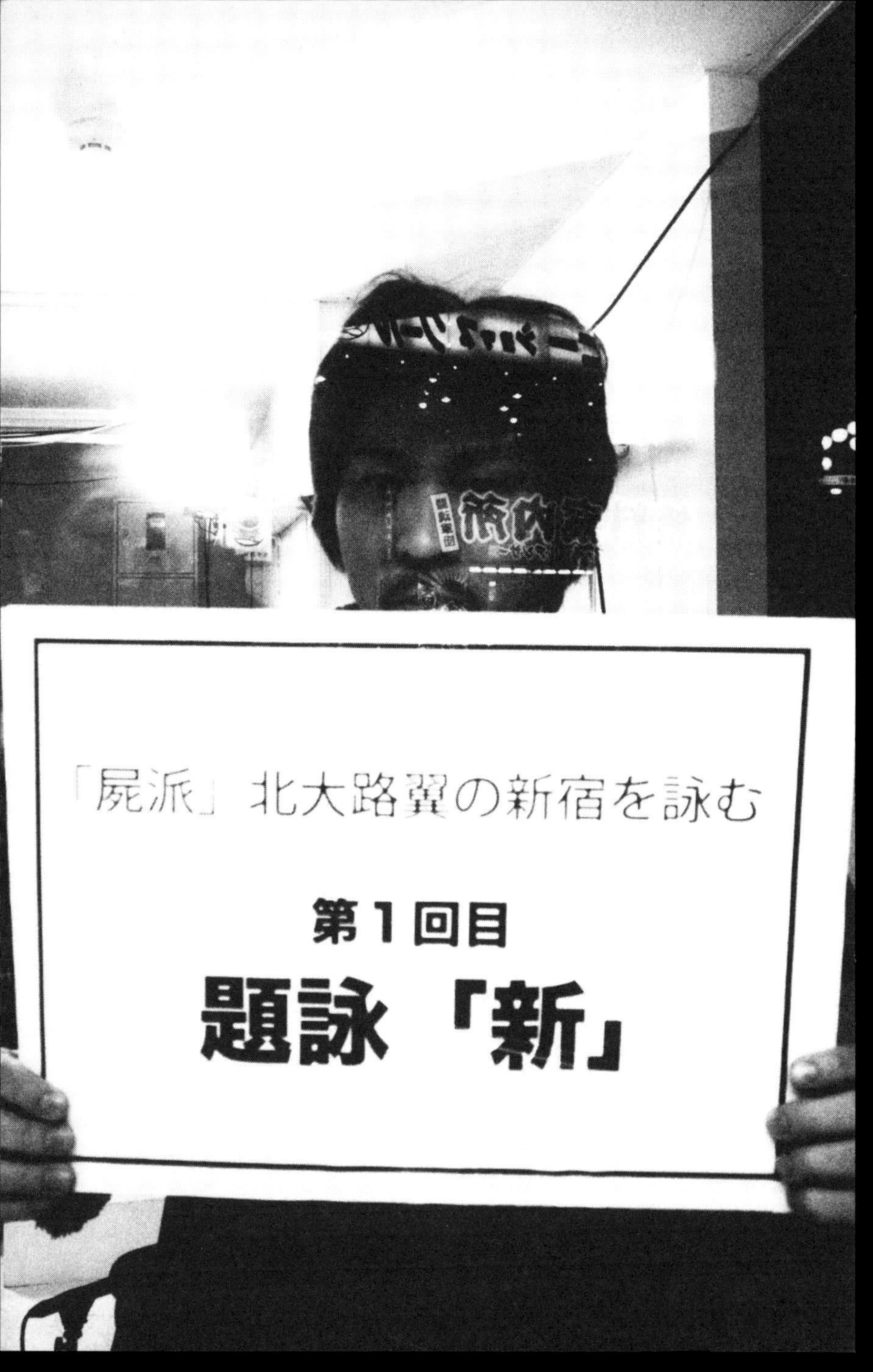
「屍派」北大路翼の新宿を詠む
第1回目
題詠「新」

装画　柏原晋平
写真　秋澤玲央

時の瘡蓋　＊　目次

二〇一五年

お年玉

気持ちよければいいぢやん。

去年今年見えない位置に月が出て
憲兵に尻を蹴られて羊来る
焼き網をつらぬく餅の垂れつぷり
湯に浸かる猿のニュースや雑煮吹く
新宿をからつぽにしてお正月
苦しくて海より出づる初日の出
多からむ東電の子のお年玉
体温を詰め込み電車あたたまる
ガムに味なくなつてゐる初御空
連投の俳句吹雪になることも

餅でとれ餅でつけたる差し歯かな
初詣並ぶのやめて喫煙所
足跡を踏みゆく遊び冬帽子
書初めやかの古池の句を選ぶ
白息のただいま好きな人がゐる
診断を終へるや元の着膨れに
マスクしたまま心電図の半裸
白衣が似合ふね暖房弱くしてください
止血バンドしたまま帰る寒椿
悼むマージャンレインボーのマスター
霜の夜を貫き通す目の深さ

湯気の立つものが食べたしビニル傘

悼む大豊泰昭

どんくさき男の鶴となりゆくか

小さき鯛焼きＪＫリフレならではの

会社では冴えないスノーボーダーよ

職場から着信のある寝正月

息白し便座の冷えと対峙して

大根を煮てゐる君の近くかな

わがままな男でゐたし久女の忌

二股やインフルエンザ流行す

大嘘ＤＮＡが入れ換はる

がつくりとする大関に根深汁
抱つこのお願ひ水洟ずるずると
鴨のあとつけて歩くや息白し
雨の日の客乞ふ燗をつけなほし
マッサージチェアーの聖書春近し
一月の背骨一本頼りなし
眠いけど肉まんだつたらいただくわ
遠方かつ今年最後の新年会
面接を終へしごとくに雀の子
使へない神様ばかり静電気

弁当の余熱を抱いて雪の中
一口で落としやがつて焼き芋を
写真でも撮らうかツインテールの日
豆を撒くお前もモンゴル出身か
浅春の声高過ぎる寿司職人
たくさんの春がつまつてゐる枕
春らしいフォントで釣具の上州屋
隙間なく停まる自転車春立ちぬ
参道の砂利のこすれて春来る
猫避けのペットボトルや水温む

男はつらいよ春の土手長いよ
熱湯をくぐりし海苔の明るくて
独活の天婦羅世紀末覇王伝
まつすぐな土筆ヴェルサーチのスーツ
アロワナの前で電話が鳴り続け
校庭に車を停めて薄氷
種付けを終へし牧場雲一つ
空つぽの交番のある梅祭
春の雲肉食獣に囲まれて
闘魂注入第三志望に合格す

シモーヌの誕辰を祝す
エンドウの花の白さも着こなして
くしやくしやの絆創膏や春炬燵

恋に溺れたら、その水を全て飲めばいい。

ビタミンの色のおしつこ春の雲
酒抜けぬふらつき梅の芽つんつんと
春の日をいただきながら汽車進む

二〇一五・お年玉

つばつちはあげる方だよちよこれいと
抜けた歯のかはりにチョコのアーモンド
愛は服従朝風呂忙しなき
どこにでも恋のきつかけ春セーター
春昼のデカくてまづいハンバーグ
悠久を流れて来る春の水
さぼり癖つきし水車や黄水仙
梅の香を追ひ越しさうな強き風
坊さんを困らせてゐる野梅系
頼りなき咲き方なれどまんづ咲く

蒲公英や悔しいときは俯いて
朝練を抜け出すたびに蕗の薹
コウジエンブルーと名づけ春帽子
標識の通りに行けば春の闇
バットで立つ名誉監督春の泥
捨ててある使へるテレビ冴返る
二・二六無人のジムの明るくて
二・二六吊革が摑めない
漠然と卒業式に出てみたが
天国と変はらぬ春の陽気かな

ありえないレベルで雛祭が進化
雛祭じやりじやりとする卵焼き
ゆでたまご剝くだけ剝いて春の水
一時間だけでもデート雛祭
指名用写真が遺影朧月
九十歳も二十歳も寿命春の雲
内定が決まつたあともよく笑ふ
リクルートスーツの無知がてきぱきと
浅春の泣かさうとするハーモニカ
春の波ひねもすリンパマッサージ

陽炎や責任感のある変態
ほつぺたのよだれもつとも春めきぬ
好きな人と同じ病気や春の昼
できるだけ小さく噫してキュート
三・一一いつだつて金がない
抱きしめるたびに男になる弥生
味噌汁に浮いてゐさうな春の月
沈丁花生まれた国が愛せない
猫交る原発再開待望論
打ち合せすつぽかしては梅の下

飲尿の良さを云云水温む

おみくじを何度でもひく山桜

白梅の方にみくじの集まつて

誕辰が続く。祝純犀

還暦を待たずに子供に戻る春

祝桃ちやん

戦争になつてももちやんとはだつこ

祝はんちやん

ほんたうはしつかりものの春の月

通り魔が出てくるなんて春ですね

春野過ぎ確認さるる乗車券

ふらここの裏見ゆるまで寝転がる

釣り船の出払つてゐる春の海

煙草屋を曲がると春の海が見ゆ
落椿拾つて宿に置いて来る
靴先を濡らして戻る春の波
起きて酒湯に入つて酒島霞む
うららかや誰が食べても旨い蕎麦
日本酒の揃へがよくて長閑なり
春は酣腕捲りする看護生
げんげ田のやうな脇毛の剃り残し
卒業や泣かないやうに腕を組む
卒業証書三角巾に入れてやる

三人で八等分のチーズピザ
まだ咲かぬ花にもレンズ近づけて
あちこちが止まつてゐたる春の景
花冷えの夜から埋まる予定かな
次に会ふときは一面花筏
箏曲の誕辰を祝す
怒つたり泣いたり蠅が生まれたり
猫の恋つまらなさうな声出して
愛情のないものを飼ふ朧の夜
ミオソチスやりたいことがなにもない
場所取りが専務最後の見せ場です

春昼やこのひとたちもいつか死ぬ
消えようとしてゐる夜の花弁は
春愁やどこもかしこも灯がともり
はなびらが一枚入る隙間かな
老人がお茶飲み残す花日和
万愚節二度と俳句は作らない
春は曙ホラー映画にこんな場面
転寝の涎きらきら新学期
鬱病がすぐそこに待つ新社員
政治家に嘘は敵はぬ花の雨

嘘の嘘は本当ではなく
とりかへしがつかない。

花吹雪く成城石井の二重ドア
フォアボール三つで満塁春の夜
靴脱げばすぐに落花の二三片
花冷えのうまく伝はらない痛み
熱過ぎる足湯に沈丁花が香る
飯くつてすぐ眠くなる四月かな

極稀に中毒おこす啄木忌

出発

夜の暗さが水槽を見えない水でいっぱいにする。

疲れた子供と派手なババアの入園式

花の雨漫画に句集挟まれて

放哉が降らせたやうな春の雪

原発があつても花の時期の冷え

『天使の涎』

すぐに葉桜刊行遅れてごめんなさい

改札で進む速度の落ちて春

高橋周平を激励す

まだ花があるだろ二軍球場は

手をつなぐ春に感謝をするやうに

物書きの常なる籠り花の雨

病弱な人を愛して金魚草

春愁や親切といふ邪魔なもの
ハイヒールの幅の細さの春の闇
まなぶたの薄さが春を嫌がりぬ
朧二度押してラー油が一滴出る
蝶がゐるから飲んでも平気な水だらう
下萌や涎光らせ犬戻る
天気雨とんがつてくる躑躅の芽
よく滑る革靴の底花水木
外交は美人議員にまかせちやへ
改憲を力説アメリカハナミズキ

戦争に行くのは僕ら鉄線花
水槽に動かぬ貝や春愁ひ
ものの芽や夜の深さを恐れずに
新緑の靴紐結ぶ段差かな
候補者のゐる駅前で春惜しむ
善悪の始めの雌雄蝸牛
新緑や白い車のよく売れて
気怠さと甘さが春のマドレーヌ
うららかやびじゆじゆじゆじゆーんと草刈機
昭和の日締め切り三分前のベル

昭和の日プレゼントに買ふ白髪染め

季語のある国の生活習慣病

ナイターのこれから暗くなる一方

昭和の日旭一人が踏ん張つて

祭日に選ばれなかつた木曜日

鍵つ子や躑躅の蜜を吸ひ帰る

五月来るビールの飲み放題付きで

吐きたくない本人と吐かれたくない白詰草

重力に色を抜かれて藤枯るる

藤棚の広さを君と離れずに

鯉幟鍵をかけずに出かけたる

方方にこどもが座るこどもの日

明るさのまだ残りたる夜の緑

世界中の味の集まる露店かな

菖蒲挿す小さき湯船やここに五年

湯を抜いて湯船のかたちの菖蒲かな

悼ギターー男

音もなく爆発をしてこどもの日

夏立つや火山の上に暮らしつつ

服を着ない一人暮らしや夏来る

栗の花やぶれかけたる紙袋

加藤峻二引退

正面で受ける薫風まだやれる

手汗びつしより生きるのが下手な人

五月病ながながとある真つ昼間

初夏の風を喜ぶ寝顔かな

大仏に迷はず進む白日傘

街路樹をはみ出してゐる躑躅かな

薔薇の呪ひもう新宿に戻れない

くたくたの泥鰌にありし栄養分

豆飯のどこをほじくつても緑

はじめてはコーヒーゼリーのやうな夜

丁寧に言ふなら電気冷蔵庫

風鈴が鳴つたら亀の餌の時間

いろいろな電車の色や病む五月

行くところなければ帰る走り梅雨

人工的な朝の始まり冷房車

三十七歳自祝

甚平の二度寝幾人抱いて来し

祝福の中を歯のなき蛇生まる

真夏日の気温を凌駕する齢

暑いのに押すなよ非常停止ボタン

賛同願ひたい素足にスニーカー

万緑やありがたさうな大きな木
帰宅即嘔吐サンダルが両方右
停電の手探り白い蛇がゐる
同志の早すぎる訃報。革命の志は俺が継いでやる。馬鹿野郎。悼む和弥
夜明け待つ真つ赤な薔薇に水をやり
熱帯魚己の鰭を追ひかけて
雨降ると思ひ出す人薄荷水
作業着の人ばかり来る夏暖簾
てのひらで試す蠅叩きの威力
打ち水のすつ転ぶほど水を撒く
シールあとべとべとの瓶水中花

目玉ひんむき草笛のまだ鳴らず
汝の指の細さを思ひ髪洗ふ
白日傘みな美人とは限らない
夕端居談志が生きてゐたらなあ
勝ち投手の権利をもつてビール飲む
部屋干しの床すれすれに折る浴衣
凸凹も眼球異常もみな金魚
オープンテラスやつぱり蚊がゐた
神様の前で虫除けスプレーす
始発待つ枇杷を綺麗に剝くやうに

十薬の花にもいろいろありまして
緑蔭やハイセイコーを語り継ぐ
正面がわからぬ猫の轢かれつぷり
夕焼けがとろんとのびて湯屋の道

夜の風

マスクをしたまま嘔吐。
激しい自己愛に呑み込まれさう。

無茶したいときが青春夏の朝

クラゲ踏むときの感触地震酔ひ

新緑をぽつぽつ抜けて通勤す

苛立ちも焦りもみんな瓶ビール

貸して下さい夏を丸ごと買へる金

カーテンを揺らさず夜風やつてくる

釣り堀に人の貼り付く暑さかな

信号待ちのワンピが透けて青葉風

新樹光おいしい水がおいしい

枇杷たわわ勝手に穫つたら怒られさう

噴水や鳩が安心して歩く
のど飴の涼しさ信憑性がない
プールにもお風呂のやうにゆつくりと
ご馳走のやうな水着のフリルかな
プール静かにからかひといぢめの差
マイメロの浮輪は迷子なのだらう
Tシャツのローマ字やつちまつた感
つぶつぶの光と雨や夜行バス
つんつんとしてゐる田んぼ夏の朝
六月中旬うまいけど売れない歌手

薬味さへよければ食べる夏料理
目で羽蟻追ひて待合室暗し
夕立の騒ぎのままに夜が進む
団扇しか持たぬ男についてゆく
幽霊を困らす不眠の人の群れ
よく喋るをばさん紫陽花満開に
素麺の茹で時間ほど交合す
全力で泳ぐ金魚を見たことなし
ナイターに着く前にもうこの点差

死にきれないだけで、未来はほぼ決まつてゐる。

水を打つ鞍馬天狗を意識して
甚平の結び目のこぶ寝ね難し
噴水は吐き出すことに飽きてゐる
良き名前つけられてをり蟻地獄
大の字は君待つかたち熱帯夜
貝塚に触れたるごとき汗疹かな

プーさんに性器のなくて緑の夜
ビンビンの触角標本箱狭し
新茶汲む旅のつづきにゐるやうな
無理な笑顔で夏負けの親日家
ゲリラ豪雨のゲリの部分がもつともだ
店番やごとりごとりと製氷機
冷蔵庫閉づれば怒り忘れたる
蓋の裏舐めて満足するアイス
ぶんぶんと耳元の蚊や勃起薬
臍ゴマをとらむと蟬の前肢は

マネキンの白き裸身や夜を恋ふ
ごきぶりが翅をひろげたやうなビル
夏瘦せてゴジラの足の裏匂ふ
憲法改正ドラゴンフルーツの種
足裏の火照りを冷やす墓石かな
ずずずずとアイスコーヒー打合せ
風鈴がなるたび夢で殺される
ネクターの重さの夏の曇空
長靴の中まで青田続きをり
夏座敷鬼ごつこには狭すぎる

滴れるここを心の奥とする
茅の輪くぐり同僚に見られたる
ビール残して好きぢやないけど大好きよ
ゴキブリが喜ぶあちこち規制され
信じたい飲んでも肥らないビール
太つてもかはいい人や手鞠花
アスファルトが毛羽だつてゐる毒の雨
紫陽花が汚い自動車教習所
天国は何処にでで虫渦巻いて
ナイターや悔しがつても他人事

ちよつとちよつと天の川には吐かないで
とある七夕遅刻し喧嘩しキスをして
わけあつて冷やし中華を頼まない
早漏をごまかしてゐる団扇かな
ごきぶりを笑へる飲食屋でありたい
童顔で巨乳イルカの飼育員
人工受精白シャツに見下ろされ
噴水の勢ひ借りて泥落とす
冷房のスーパー陳列されたる死
わたくしを赦したぶんの寝汗かな

ナイターの父の仕草が恥づかしき

炎天でセックスするやう強行に

滝壺を持たない滝や自爆テロ

正論は語りやすいが、語つたところで何の意味もない。

発達が心配になる蛍の絵

公園にＵＦＯのある炎暑かな

靴下が滑る絨毯帰省して

手花火を振つて星座をぶつ壊す

単調な手花火一瞬だけばばば

説明書通りにやつて手に火傷

クーラーのない部屋ですが二人きり

夜暑し韓国海苔の小さき穴

起き抜けの麦茶よ口の中の味

百歳の昼餉の量や冷し飴

興味ないふりして揃ひの浴衣買ふ

海の家自撮りがいつも同じ顔
ワンピースめくつたところまでが海
鍛へても女は女ビーチバレー
噴水で隠れるぐらゐの大男
トゲトゲに固まつてゐるアイスノン
学歴がなくてもロケット花火飛ぶ
金の減る速さ海苔の切れやすさ
少年にすこし近づく夕涼み
ポロリする期待度プールよりも海
百以上蟬が着いてる大きな木

ショートゴロ

異様を翼様と見間違へた。
まあ間違へぢやないけど。

殺虫剤片手に恋人から電話
ごきぶりを叩きつぶしたあとの処理
余りもの乗せて豪華な冷奴
つまらない形カブトムシのメスは
ふるさとのない人が飲む麦茶かな
沖縄で撮つた水着ぢやない写真
室外の温度を上げて部屋が冷ゆ
君のこと書けぬ短冊君とゐて
溺れてる人がゐるけど雲の峰
一球に十の解説心太

カッキーンといい音がしてショートゴロ
まつくらな部屋にも鏡夜の秋
ビーサンは脱ぐと必ず裏返る
別売りのドレッシングや夜の秋
戦功を引き摺つてゐるゴーヤかな
生ゴミの匂ひに暑さ残りけり
さつさと負けてマネージャーでも抱いてやろ
どこにでも死んでゐるなり油蟬
水打つて微妙にやつてゐるお店
夏山のてつぺん山の中にある

アメンボを木端微塵にして豪雨
二週間雨が続いたときの蟬
沢蟹のきれいな死体売ってさう
パワースポットなめくぢが睦みゐる
もめごとを起こさぬやうに水を打つ

新宿は我慢比べ。堪へたあとにしか本当の面白さは味はへない。

バイト仲間はみんな花火に行つてゐる

看板がなければ花火が見えるのに

閲覧注意胸毛だらけの水遊び

病院の日陰に市民プールかな

属国日本の流し素麵てふ技術

枝豆をわりと好んでゐる子供

目一杯斜めに切つてある茗荷

俳句甲子園

感動のないうまい句が勝ち上がる

殴られしことなき人や俳句の日

蟋蟀を飛蝗になほしたけど駄作

西瓜は野菜力説する副級長
とぼとぼと見知らぬ町の残暑かな
秋晴れの窓叩きたる命綱
秋立つやトムヤンクンに海老潜む
一言多い舞茸取りの名人
秋刀魚焼く煙競歩の地区予選
よく踊る心配事をかかへつつ
朝顔と一緒に育つたらいいな
秋らしいことの一つに鳥を撃つ
秋の風お墓のワンカップを盗む

具だくさんパスタのやうな台風過
シナチクが歯にはさまつたまま会議
君に逢ふ前にさくつと墓参り
葡萄食ふだんだん雑な食べ方に
デートでもアートでもない葡萄狩
もうゐない箸の持ち主夜長し
夜長のラジオ何を聴いても懐かしき
冬瓜の切断面で寝てみたし
水だけはおかはり自由秋深し
流さるる村を見ながら夜食食ふ

お神輿に届かぬ子供秋夕焼
びらびらの鳳凰吹かれ秋祭
市営バス遣り過ごすまで神輿揉む
吐く息はすべて溜め息烏瓜
梨のざらざら貧乏人が死を撰ぶ
筋肉のなき短髪や鰯雲
とりたてて楽しくもなき芋を煮て
だらだらと伸びる芋煮会の列
被災者をからかつて抱くぎゆつと抱く
百円で遊ぶ馬券や敬老日

ビッグバン庭の柘榴が一つ落ち
秋気澄む障害未勝利馬の余生
コスモスの揺るるに酔うて天使落つ
豪快と思はれてゐる秋愁ひ
かたまつた赤飯クール宅急便
蜻蛉の散らばる虹のシャワーかな
煙るほど求めてをりぬ龍田姫
ラグビー部炊き込みご飯のシャムハーレ
終電にまだ余裕ある秋の雨
土曜日の午前指定で猫じやらし

漠然と抱きたい秋とか昔とか

水着の写真につられて友達申請してしま
ふ平和な休日。

蓑虫が理想の姿だと思ふ
湯豆腐と拝観料が高い町
紅葉の京都まで来てマッサージ

偉さうな松茸にしてカナダ産
デマ拡がる交尾のヤンマが空を占め
流星も貴女も今はもういいよ
ストレスをためこんでゐる蜜林檎
連休の靴箱にある秋愁ひ
食べられない茸ばかりが公園に
金融に挟まれ学園祭のビラ
渋柿は全部疲れで出来てゐる
あつしぼを目頭にあて秋深む
後退る恋の演技や虫の闇

秋刀魚焼くきつと帰つて来ぬ人に
黒葡萄色は言はなくても分かる
松茸は松茸風味より薄い
烏瓜介護に疲れたから殺す
葡萄食ふ何度も指を拭き直し
芋掘りのスコップ汚れたまま返す
全開のお風呂場の窓星流れ
君とゐたころは月とか見なかつた

会ひたくて

エコとテロの間にエロがある。
控へすぎてもやり過ぎてもいけない。

冬隣子連れ夫婦にソースの香
総武線銀杏が黄色くなる前に
針のなき体重計や紅葉宿
折れやすきシャンパングラス秋の蝶
誉められてあとから笑ふ秋日差し
深秋やテロのごとくに主宰選
銀杏並木すぐに会へない会ひたい人
燈火親し局部を黒く塗る漫画
月射して光源氏の魔羅の位置
燈火親し箪笥の中の百円札

揺れてゐる蓑虫の中静かなり
蓑虫の無力でゐようとする努力
どんぐりが昨日からある更衣室
長き夜をいちばん知つてゐるプレコ
べこべこの簡易トイレや秋惜しむ
菊花展の看板会場がわかりづらい
会ふための少しの酒量と秋薔薇
桜紅葉送迎バスに一時間
芭原ヒッチハイクの無視続く
好きな子がレジにゐる日や梅擬

食用菊は真つ暗な海の味
黄落や犬に引かれて天地真理
長男がぐれたる家の案山子かな
街灯に目が慣れ月が遠くなる
流星が向かつてきたら困るよね
銀杏の明るさ何も映さずに
後ろから埋まる客席渡り鳥
猟友会新人光つたらすぐに撃つ
爺ちやんは光る茸に奪はれた
二時間で見終る日光初紅葉

烏瓜引けば食糧なき時代
馬に化けてよ流星を拾つてよ
雨の中ラーメンを待つ都民の日
幸せはお金がかかる東京都
洋食はみんなごちそうカキフライ
出雲にも帰らず酒を飲んでをり
霜降や飲む言ひ訳のすぐ浮かぶ
普段着が一番派手でハロウィーン
ハロウィンや村に一つの小学校
本物の警察がゐるハロウィーン

一年でもつとも血糊が売られる日

シャンプーの苦さを冬の初めとす

固き米足裏に刺さり冬に入る

日本を飛び出す角度冬の虹

会へばセックスまだぬるい貼るカイロ

冬の朝公衆便所で歯を磨く

駅寒し靴の中まで雨染みて

夢精するくらゐ人を解体する夢を見た。

落葉踏む音のすべてに怯えつつ
セブンのおでん自分を否定するときの
快晴の大井競馬や文化の日
落ちさうな眼鏡でおでん覗き込む
目に涙溜めて馬の名おでん酒
冬の雷触らぬ神に触れてしまふ
うす暗い始発はつくづく冬である
身をもつて味はふ下痢は冬の季語
鍋ならばお前が来ても盛り上がる
健さんが逝つて一年雪を見ず

本当は我慢してゐる日向ぼこ
ビル街の紅葉として昼の火事
耳かきを始めてしまふ湯冷めかな
寒椿みんな手遅れだと思ふ
落葉掃く砂利を動かさない技術
冬木立怒り以外を地に捨てて
一日中落葉を掃いて償へり
水槽の上に置かせてもらふ葱
鮟鱇の重さで二日酔ひが来る
眠れない恐怖すくすく霜育つ

スタンディングオベーションの中の咳

ジャンパーで凌ぐや雨の交差点

うごかない体位があれば掘炬燵

キャバクラの懐かしさ嗚呼大熊手

目頭を強く圧したるとき蜜柑

物干しを撓めてフェイクファーコート

セーターの穴が思つたよりウケる

本当に風邪なんだつて怒るなよ

マフラーの貸し借りキスならいけさうだ

冬賞与足りず戦争止められず

ボジョレーヌーボー両親が日本人
屈すると逃げるは違ふ解禁日
一団が通つたあとの給水所
句読点飛び散つてゐる大くさめ
振り返る一人の道や枇杷の花
寒寒と夜間工事の始まりぬ
どこまでも説教臭い冬の海
睾丸は炬燵の中の大旦那
デブキャラはたんなる慌ただだしい肥満
百均でほとんど揃ふクリスマス

貧困

法律を守るのは幸せな人たちだけだ。

好きなだけ炬燵で過ごしてゐる老後
日本人力士はわかる斑呆け
縁側に百恵の母や反原発
着膨れて今夜もなかなか帰れない
ウォシュレットの設定変へた奴殺す
同人の集ひへ乳首の勃つ寒さ
ポインセチアの大量入荷を蔑みぬ
葱二本使つたあつたかい料理
シャンプーの残り香微熱続きけり
湯冷めするクレオパトラになりきつて

靴下のしめりてゐたる憂国忌
老兵を燃やして少し暖を取る
熊手買はなきやどこかでお金借りなくちや
苦しみは燃えずに残る落葉焚き
月凍ててオートロックのかかる音
返り花自分以外はみな他人
木枯しや狂はねば詩は生まれ来ず
障子貼りまた思ひつく自虐ネタ
放つといてくれればすぐに年明くる
ちよつとづつ寿命を吐いて冬北斗

米と水買ひたる重さ十二月
鞦の震へギャンブル依存症
滅茶苦茶にされたし聖樹の星捥いで
暖房や貧乏揺すりてふ反抗
ゆるゆると飲めば師走に紛るるよ
ヒートテックなんだかんだと守られて
飲みすぎぬやうに寒夜の星数へ
座れたらすぐあつたかくなる電車
欠伸するときの毛皮の匂ひかな
盲腸は薬で治る冬日向

雪女郎恩師も女好きだつた
白鳥のあたりで消えし色事師
寝過ごしのやうに枯葉の落ちにけり
背凭れのなきベンチなり猫痩せて
うつかりと動いてしまふ寒の鯉
日のあたる場所から掃かれ山の寺
入居資格足りない人で鍋囲む
モノクロの雪や音までモノクロに
拭ききれぬほどの快便息白し
We forget Pearl Harbor 冬菫

冬に咲く花の少なし癌病棟
冬晴れの落ちない眼鏡の汚れかな
セーターのちくちくしつこい女だな
イルミネーション隠れてフェラをしてあげた
入店後のマスクを外すタイミング
おかずなき白飯を食ふ野坂の忌
冬の虹大麻解禁待望論
ぽろぽろと人死ぬ冬のあたたかし

思想なんかは残らない。
君を愛したといふ証拠が欲しい。

一日で消える賞与や波しづか
面倒な金の話や古日記
着膨れてホームの端を歩みけり
霜の夜や俺なら絶対逃げ切れる
初雪や電波の届かないところ
おでん煮て在宅仕事日和かな

委任状ひろげて蜜柑の皮を剝く
生のままいかうか三割引の牡蠣
我が息を追ひ越す枯野に犬駆けて
戦争は余所に任せて忘年会
感情がなくなるほどに凍えたし
雑炊やむかしのことはみな忘れ
息をとめて綾取りの橋出来上がる
ゴールしたあとは知らないボブスレー
鞦の乞食が広めてゐる教へ
躓けば誰もゐない枯野かな

老人がため息をつく冬景色
直箸の外人おでん屋にて罵倒
懐手自分に触れてゐたくつて
凍死者を雪で隠して更に雪
火のつかぬライターばかり煤払ひ
看板が落つこちてゐる冬の街
たまご酒体温計の味がする
白息が夜空に消えて飲まない日
セックスも酒もさみしき除夜の鐘
デロンギの重さや世間を疎みたり

有馬記念

子供が生まれたら競走馬にしたい。

毛皮ふさふさ欲ばりな人の顎
息白く我が為すことのみな自傷
洟をたらして宇宙一になる
古本のシールをはがす湯冷めかな
雪催ひ煙草の残り気にしつつ
聖樹とか言っちゃやふ若手に嫌がらせ
シンプルな湯豆腐もはやお湯である
湯豆腐も湯豆腐好きもよかりけり
柚子湯にもしたしチキンも焼いたのに
原稿の催促天皇誕生日

クリスマスソングのやうな恋はない
入国に手間取つてゐるサンタかな
跡取りがゐないトナカイ調教師
両親のなき子にサンタ借りてくる

リア充の何が悪いのだらう。
いつから日本は嫉妬を笑ひのネタにする
あさましい国になつたのか。

十二月二十五日や返済日
パドックや冷えたカレーをかつこんで
風邪心地レースのたびに起きてくる
布団の中で明日のレースの予想しよ
百歳の次は百一シクラメン
河豚鍋や座敷は横になれるから
締切の音楽流れかけうどん
木が燃える匂ひの無料送迎バス
電車から降りれば日本中が雪
文庫本の角折り曲げて凍死せり

腹筋をマジックで書く忘年会

冬コミやタイツは頭から被る

二日酔ひ抜けざる大晦日の演歌

殴り合ふ人を見てゐる大晦日

男女しか性を認めぬ歌合戦

あと二回セックスをして年納め

銀行は金の墓場や大晦日

国産がほとんどはひつてないお節

二〇一六年」

家族

四歳のアジア人と結婚する夢を見た。
教祖になるつもりか、僕は。

女子アナが猿に襲はれお正月
とぼとぼと尿りてゐたる初山河
希望すぐ鬱になる国初日の出
黄水仙ひとに等しく幸あれよ
初詣トイレに行つとくべきだつた
あの人も子連れか地元の初詣
揃ひたる上下の下着淑気満つ
買初めの煙草一箱多く買ふ
年賀状二枚だけでも輪ゴムして
元日や抜いた鼻毛を風攫ふ

初恋は季語ならざれど一度きり
勃たせても一人きりなる姫初め
レシートが濡れてゐるのも淑気かな
文字化けをしてゐるたぶん年賀状
店の灯がゆつくりついて寒の入り
手袋の不確かに魔羅抓み出す
マフラーを巻かずに掛けて二次会へ
目のゴミが小鳥になつて七日かな
いつも吐く電柱にある鳥総松
甘海老は死んでゐる海老小正月

ポテンシャル低い蜜柑の段ボール
事故車買ふ風邪の悪化を恐れずに
冬にする離婚の話爆笑編
裸では逃げれぬホテル街の火事
燃えてゐる使つたことのあるラブホ
成人の日や先輩の吐きつぷり
新宿の地面は便所霜の朝
密林は雪と時間を知らざりき
渾身のげつぷ寒夜の駅頭に
木枯しや失敗失敗大失敗

救急車行き交つてゐる小正月

痛風発症

初雪の降るらし効かない痛み止め

痛風や氷りたるものみな尖る

痛み止め飲んで大根買ひにいく

怖ろしきセンター試験とプリン体

銃声を消すため雪の降り続く

遅刻せず来たのはなまはげだけだつた

よたよた歩いてゐたら職質された。
別にふざけて歩いてんぢやないのに。

雪の朝調べるんなら調べろよ
雪達磨つまりさういふことである
雪搔くや子作りのごとだらしなく
帰りにはゴミで埋まつて雪だるま
犬の糞と並んでゐたる雪兎
雪だるま冷たい奴だと思はるる

雪の日の二回更新するブログ
煙草消す高さに雪だるまの眼鼻
洟に雪の匂ひのして垂れる
骨のごとき古アパートや寒波来る
パジャマでは戦へないからシチュー煮る
掘炬燵を中心とした二メートル
氷りゆくものを帰宅の群れが過ぐ
寝返りをかすかに記録的寒波
霙降る背中と背中もあたたかい
デロンギの効き出す遅さ手淫果つ

あやとりをとりあふ内に雪像に
ゲレンデで転んだやうな食ひ残し
着膨れや優先席が空いてゐる
学校が嫌ひで返り花が好き
膝鳴らし銅貨を拾ふ寒暮かな
ラーメンの汁を飲み干し雪予報
眠れない雪に魔法をかけられて
シャンソンや雪がぽわぽわ落ちてくる
積雪の景色を想像して起きる
指先が凍つてゐたるヘルメット

そば　うどんの半角アキや寒の雨
嘘ついて休めば関東圏も雪
一月の鏡の中に二月来る
ベビーカー石につまづく二月かな
街路樹がどこも伐られて風邪流行る
ストーブに足裏を向けて噂せり
ぼそぼそと薄毛の課長異動待つ
スリッパの中の二月の暗さかな
投函やあやふく手袋ごと飲まれ
ぼんやりとした約束の二月かな

袖口に醤油をつけて恵方巻
白菜を一個丸丸持つてみた
恋情の遅れ三寒四温かな
カウンターに膝をぶつけるバレンタイン
二・二十九全回転リーチ
幻の一日パチンコ屋に並ぶ
一冬を寝てゐたやうな服の皺
タンポポは頭が重いものの例
菜の花の感触を目で確かめて
春の日を味はつてゐる遅刻かな

痩せにくい体質の人水温む

春光や水で濡らして野菜売る

春の宵やさしくなれる人とゐる

手が届くところに眼鏡冴返る

悼イナリワン
勝ち鞍がすべてG1春浅し

浅春やポケットティッシュのピンクの字

交番に肘ついて待つ春ショール

うららかや砂利に雀の小さき影

朧月出しつぱなしの龍がゐる

のこのこと出てゆく浮気春の月

水仙が見えたのキスの直前に

春の夜の地味で上手なマッサージ

ＯＬの走る形相春の駅

さみしさが安堵に変はるとき朧

ミモザとは恋になれてる人なのね

いぬふぐり忘れてしまふ歌のやう

夜のこと考へてゐる春の夜

しよつぱいだけの回鍋肉や明日は海

春の園花に値段をつけてやる

ビタミンＡＢ建国記念の日

ふらここの鉄の匂ひが剝がれない
春の雲顔を埋めて眠りたる
ばりばりと尻掻いてゐる春の風邪
春の星小銭集めて煙草買ふ
恋をする男は女木の芽風
野遊びのつばつちといふ女の子
義理チョコはそれほど不愉快ではないぞ
欲張りなばばあを呑んで山笑ふ
重さうな一眼レフや春一番
好きになる始まりに似て春の風邪

チョコレート家に帰つてからあげる
手作りはそのままの君風光る
でもやつぱり痩せたい魚氷に上る
春一番今日の気分はスパゲッティ
下萌やスライディングを熱演す
見てゐればわかるルールや春の土手
予備校の広告の笑み冴返る
春の地震留守番電話がいつぱいです
まろやかになれよカレーに春の雪
天婦羅の貴族意識や春うらら

金色の毛が落ちてゐる春の闇
伊豆中の露天湯が見る春の月
白蓮を観てゐる足湯の横一列
替へ歌がいろいろやばい入社式
春の雪いいねが一つもついてゐない
ぼたん雪約束せずに逢ひにゆく

歌舞伎町で俳句をつくり始めた春も、雪の日が何日かあつた。

春の雪戻れないから思ひ出す

春雪や微笑めば消ゆ美少年

実弾をお守りにして春の雪

雛祭り皿に酢飯のこびりつく

よく響くちらつしやいませ春の昼

取締強化月間雪残る

蜷を喰ふ兄がをります離島には

目が離れてる大型犬の主

土筆とは離れ離れに育つもの

牧草を嚙む気だるさで乳を揉む

風船や広辞苑にはなき巨乳
葉牡丹や土偶の乳輪ざらざらす
東京マラソンコンクリで芽を埋めて
レース後に立ち尽くしたる春の雨
美容師に告げたる鳥の巣のかたち
風呂場から漏れる歌声春夕べ

パーマ液

「枯れる」なんて言ふなよ。
「弱る」だ。

春浅し友達ばかり誉められて
うららかに精子にもある尻尾かな
安全な水を失ひ雛流す
ぶつちぎりで恥づかしい語に仏痴義理
三日目のパーマの匂ひ風光る
寝室がごそごそとして雛祭
雛壇に押し込んである同性愛
雛の首抜いて遊ぶやバレたら死
春昼のババ抜きにもう飽きてゐる
入金が遅れてゐたる春の川

潮干狩ほとんど座つたまま動く
回覧板蕗の高さに驚いて
桜餅道に迷ひしこと言へず
沈丁花ぐつたりしても沈丁花
炒飯のグリンピースや春楽し
レタッチができないほどの春の泥
目の前でバス出てしまふ花水木
いつまでも遠きところや春渚
仙人が男を買つて春霞
春の月以外は全て彫刻に

ニッポンの霞の中の聖火台
まんさくやおいしくできたお味噌汁
失神のごとく白梅咲き零る
微熱とは春の地球の温度かな
卒業をさせてもやらせることがない
制服を校門に掛け卒業す
知らんがな黄砂に何がまじつても
突然にできる空き地や桃の花
永久に不滅の軍の賭け野球
恐る恐る圧力鍋や春の夜

早風呂をからかはれたる余寒かな
明日葉の少量サイズが少なすぎ
ほわほわの卵スープやホワイトデー
ファミレスを一人で使ふ春の雨
店内に風船が飛ぶタコライス
臭い屁が父の威厳や春炬燵
決起してひとり円周率の日よ
起きてから次寝るまでが花粉症
傘が杖愚図つく春を妬みつつ
寒明ける匂ひお前も覚えとけ

雪解けのどんどん悪くなる身体
袖口に附箋をつけて春の昼
目に見えぬ大人の喧嘩春寒し
危険な町は危険なままであれ春夜
銃声も嚏も一過性のもの
絶対に目を合はさない黒マスク
使用済みティッシュばかりがポケットに
新聞に載らぬ死数多冴返る
マッサージ中に眠れば春の海
ちよつとした滝といへども春の水

うららかや自販機で買ふ鯉の餌
行く春やバブルの頃の太眉毛
シャボン玉空にも向かう側がある
春闌けるあちらこちらを痒くして
山霞む杉植ゑた奴出てこいや
賽銭の回収に来る紋白蝶
さくらんぼ味はあんまり甘くない
お祈りの時間が足りぬ花ミモザ
キスねだる顔で木蓮落ちてゐる
あたたかや拾つて使ふビニル傘

戦争に敗けた国だな春に酔ひ
部屋干しや大きな音でエロ動画
春の雨マリオが穴に落ちてしまふ
標識がぐらついてゐる蕗の薹
春夕焼はじめての場所なつかしき
加藤風花写真展
春の闇プリンターより血が流れ
包丁が手より大きい納税期
花を見るやうに寝顔を見に帰る
玄関マットに蜂の死骸のまるまると
うららかに蟹は死んでもVサイン

春分の一度も読まぬヨガ入門
菜の花の高さの肩にうたた寝す
喰はれても円をとどめて月朧
天国はお花ばかりで物足りぬ
菜の花組の担任はメッチャ明るい人

咲いた咲いた

年年、花見への義務感が強くなっていく。
酒なんか飲みたいときに飲めばよいものを。

初花やいまだ戦死者増え続く
足元の煙草頭上の初桜
満開になるまで昼休みでいいよ
ほろ酔ひの蝶が無限の先である
？つて花粉症の目に似てゐるね
春の蚊に大騒ぎして保育園
マンションのチラシの桜は全部嘘
君にだけ見せたい一番早い花
テロがあつても俺は花見を続けるぜ
拭く人がないから綺麗春の月

蛤や不思議な前立腺肥大
場所取りが電話に出ない三分咲き
昏の火傷のやうな花の冷え
飼ひ主はメールに夢中花莚
猫交る首を自在に操つて
耳掻きが奥まで入る花疲れ
我ながらピンクが似合ふ花見どき
靴擦れのじとじとじとと春の雨
恋人の親と四月のレストラン
流行らないものを愛して芝桜

春昼のちよつと並んでサラダバー
神経をつつかれてゐる桜かな
看護婦に二分咲きの枝を折つて来る
ソースが落ちないお気に入りの春の服
ミニスカでボート漕ぐ人ありがたう
性癖を言つても嘘だと思はれる
もともとが四月一日のやうな人
エープリルフール僕は元気です
断れぬ予定ばかりや花三分
着ることはできぬ花びらゆゑ寒し

夜桜や光も闇も吸ひ込んで

暗くなる前の桜や近くなる

社交界デビューのやうな花疲れ

踏修の社交ダンス

陽炎のやうな胸毛で凜と立つ

辛うじて食へる葉つぱを添へて春

人も樹も内から腐る夜の桜

明日は来ないなタメ口の新社員

花びらを頭につけて社に戻る

花びらを沈めてゐたる大理石

清明の捨てられてゐる出汁昆布

ゼニとスケどうせこの世はシャボン玉
春なのに復讐ばかりの梶芽衣子
遠足児錆びた剃刀拾ひくる
春悲し懲りると諦めるの違ひ
自閉症を理解しようの日は無季語
新社員に初の週末あくびして
怒つたら勃起しさうな新社員
花筏死にゆく方へ流れゆく
動かない大きな魚花筏
濃厚な一人の夜や沈丁花

飛花落花死にたくなると来るベンチ
人生はギャンブル桜蕊の降る
口紅をマスクにつけて春の昼
飽き飽きと飛び続けたる紋白蝶
貧困による自殺菜の花蝶と化す
できれば避けたい安定と田螺和へ
人生の終はりのやうな春日差し
春の闇失ひ続けてそこにある
僕だけの島に住みたし桜貝
哀しみのシンクロ躑躅の咲き初むる

耕しの器機はすべてが一人乗り
重なつてゐればなんでも五重の塔
片栗の花に近づく六地蔵
鶯の泣き真似だけを八十年
春の風邪時報と一秒ずれて昼
生臭き自転車の籠春夕べ
小生で始まる春休みの日記
目高なら飼へる半端な広さかな
晩春の世には九連休の人
陽炎をかきまぜてゐる生コン車

侵略はしない約束蕗の薹
助手席を倒せば躑躅被さり来
昭和の日咳を心配されてをり
自販機に指を嚙まれて夏来る
緑陰に駆け込む声を失つて
失恋も受賞もウーロンハイを濃く
ほつとせり皆がビールを頼むごと
夏に入る勃ちあがるものうつくしく
行く先の不安なバスや初夏の雨
五月暑しバスの座席に膝余り

我が町のけやき公園夏来る

食卓がすべての不幸の始まりである。

母の日の変な体操教へらる
母の日やかつぱえびせん一袋
カーネーションごめんなさいと手書きの字
鯉のぼりの顔が見えない夜の鬱

蚊の音がうるさい家賃を払へない
栗の花夢を見てから眠りたる
薔薇の棘あきらめながら助けにいく
ウーロンハイつくづく男に生まれたる
石楠花の記憶捨てられた肩パッド
気圧の変化梟は哲学者
飛び出した土鰌も我も濡れてをり
汗なのかそれとも何かこぼしたか
大人だな梅酒ゼリーも乳輪も
肩こりが鉄板レベル街薄暑

折り畳み傘は缶ビールの重さ
薔薇の束困つた顔が見たいから
逮捕者にまたかよといふ半ズボン
おほまかにいへば天才蠅生まる
無罪にはならないだらう藤揺れて
悪口がどんどん飛び出すキャンプかな
初夏や飴はオレンジ選びがち
聖五月ナマでやらせてもらへない
どつしりと尻つけてゐる端居かな
つけてすぐ刺されてしまふ蚊遣香

噴水の自動制御やJリーグ
滴りをいくつか抜けて団子食ふ
滝壺のあとの予定がわからない
かき氷さんざん悩んでまたイチゴ
グッピーの弱れば流しに捨てらるる
夜暑し日本で食べるトムヤンクン
警報も地震もホントに来てシャワー
いざといふときには使へない浮輪
タクシーが続けて通る山法師
新緑や飯も食はずによく喋る

賑やかな庭なり十薬ばかりなり

工事の騒音本を読みても汗かく日

太陽を背負うて嫌ひな練習へ

緑陰や叩いて幹の太さ言ふ

暑い眠い楽して金を儲けたい

釘踏んだみたいな顔の時計草

悼今坂勝広

夏空を切り裂いてゆく一人旅

後輩におごつてもらふ夏の月

きらきらと追はれてゐたる蛾を愛す

原色の薔薇を親しくない人に

白以外の薔薇を許さぬ一貫校
しばらくは沢蟹と呼ぶことにする
バラバラになつてプールの更衣室
焼肉のタレべたべたと冷蔵庫
バラエティー番組向きに瓜育つ
肝試し手書きの地図を配られて
死ぬことに抗つてゐる扇風機
青嵐まづいラーメン屋の匂ひ
緑陰や来なくてもいい大統領
おみくじに納得いかぬ白日傘

年取りてわがままな犬緑濃し
グローブをかぶつてゐたる昼寝かな
ダービーに出られぬ馬と象の死と

大丈夫

ギャンブルがやめられない。
希望に純粋過ぎるんですよ。
馬鹿だねえ。

退屈を平和と思ふ草むしり
風呂にしか鏡なき家なめくぢり
全力のやうにも見えてなめくぢる
アイリスや目には見えない目の疲れ
歯みがきをすれば血の出づ多佳子の忌
六月のすぐに固まる粉チーズ
もう一品食べたいときの冷やし瓜
搬入の時からクーラーが壊れてゐた
唯一のふるさと西瓜を切る背中
こんなものかな一人ぼつちで喰ふ西瓜

セミダブルベッドのどこも涼しくて
鳴りすぎぬ場所に風鈴移したる
政治家のやうなカツラが緑陰に
すぐに脱ぐ素麺よりも簡単に
階段の途中で止まる日傘かな
髪洗ふ君の殺意を流すため
紫陽花は爆弾だから校舎裏
水打つて地球の終はりを待つてゐる
噴水のやうに鼻毛が出てる日も
ここにきて蛇と日日とをよく紛ふ

草いきれノーコメントで押し通す
署名するタトゥー自由化更衣
当つたらビールを飲まうと言ひ飲めず
被曝国日本の希望として水着
滴りを飲まねばならぬほどの危機
青蔦のだらりと山に残さるる
プールのトラウマ帽子が大嫌ひ
自転車のライト遠くに夜の緑
鬼百合の片恋闇に俯いて
駆け落ちの荷に加へたき藍浴衣

一匹でゐるのは酔うてゐる蛍
ドラゴンのセットアップで蛍見に
川沿ひの道の悪さや葉に蛍
ふりかけにしたき蛍の群舞かな
溢るるほど緑を集め競馬場
水浴びや拳は殴るためにある
死んでもいい浴衣はだけたまま走る
卯の花腐しソレントへ帰れない
綿棒と素麵のつゆ買つてきて
梅雨寒の出し忘れたる請求書

未央柳コルセットが緩む
蜜豆の中に重力ありにけり
郷愁に襲はれてゐる網戸かな
雨の夜も一筋立ちて蚊遣香
六月や一人暮らしのタオルの量
心太東洋医学に一家言
好きな子の名を間違へて昼寝覚め
常に吐きさうなオランダ獅子頭
たどたどしきキューバの通訳夏の蝶
低く低く日傘をさせば密事めく

永遠のたとへば種無しスイカかな
目隠しにケチがつきたる西瓜割り
クーラーも金もないけど大丈夫
噴水や大事な約束ほど忘れ
大吉のごとくにひらく梅雨茸
ズボンが濡れとる紫陽花咲いとる
カップラーメン臭い梅雨の控へ室
二百字のエッセイのごと冷奴
仏壇に無理矢理置いてあるメロン
要介護3つんとくるメロンの香

小生の身の丈に合ふ扇風機

イチローの白髪交じりぞ涼しけれ

改札をうるさく抜ける負けた人

新宿は夜と朝がつながつてゐた。
始発は希望と絶望を同時につれてくる。

曇るとは晴れてないこと立葵

冷凍庫で抱き合つてゐた夏休み
夏バテが愚痴ばかり言ふ句会かな
網戸の穴ウサギの頃に戻りたい
細細と命をつないでゐる汗疹
空豆を剝くとき俺は強くなる
ノーメイクの不思議な顔や天瓜粉
つつこめるだけつつこんで勝新忌
雨の日は遅るる電車黴漂ふ
まさかの映画化金魚注意報
携帯の入らぬ夕張駅白夜

街灯に目が慣れてきて畑しづか
柿ピーのわづかなる差異明易し
灰皿に折られてゐたるアイスの棒
ニセアカシア三千円は安すぎる
冷房がうるさいブラジャー外しつつ
髪がまだ隠したがつてゐる裸
一本のシャワーが生えただけの部屋
香水が薄れて煙草の香に戻る
睾丸の裏も汗かくチンチロリン
負けナイターラジオ壊してなほ怒鳴る

梅雨の弔ひ干瓢巻き一本

蚊帳の中死者の本音を聞いてしまふ

ほろ酔ひの重たさ換気扇の音

色恋に我は溺れて師の忌日

たまごかけご飯のやうな熱帯夜

クロノスに跨がるウンコ座りだぜえ

懐かしき腐男塾

君たちと汗をかいたし泣きもした

捕虫網かぶれば枕の匂ひして

一人言聞かれ謝る汗の人

麦茶で乾杯お前のこと嫌ひ

吐く悔いと吐かない悔いと熱帯夜
冷やし中華始めました恋終はりました
白日傘与党に投票しさうだな
サンダルの底の薄さが石を噛む
若者に期待しないで鱧を切る
終らない性欲が欲し大瀑布
泣けるなら泣きたい夏を何度でも
すぐ捨てるTUBEと書いてある団扇
慌てたる人から濡れて夕立来る
夕立や安全靴が脱ぎづらい

参加者がほとんど来ない山開き
潮風や月が神様だつた頃
ツメシボで顔拭いてから一発自摸
白靴を尖らせギャンブル依存症
リュックがパンパンタンクトップの白人は
雨粒の大きく踊り櫓あり
帰省してまだ贅沢なポンジュース
ウィスキーボンボン軽井沢の避暑
いまは山に腰かけてゐる入道雲
セルフサービスの水の出のよき夏休み

キャプテンのエラーで負ける大暑かな
名人の仕事の遅さ朝曇
水中花赤く汚れた血が流れ
朝暑し大事な日には二日酔ひ
ナイターのぱらぱらと混む便所かな
夕顔や家が傾くほど放屁
朝曇どこにもゐない救世主
電気なき部屋に扇風機の死骸
梱包の風鈴の音も親しかり
吊る前の風鈴の音をひた隠す

帰省するたびに覚えてしまふギャグ

日本語の乱れのやうな夕立かな

ギャラのでない祭に呼ばれリンゴ飴

慎重に日傘をさして長寿国

日焼けしない球場でやる野球かな

薬局の横に薬局梅雨明ける

夕食も夜食も冷やし中華かな

マック赤坂南国の花のごと

炎天や海は本来しづかなもの

一人でも裸で寝るのがいいらしい

食べかけのアイスを貰ふのも好意
急激な便意に浴衣の帯固し
粛清と花火の奥の花火かな
二リットルの麦茶は重い冷えてない
かなぶんの死骸転がる投票所
炎天や投票所からバスに乗る
繰り返すこと美しき晩夏かな
逝く夏や根性焼きのある女優
手花火のやうなセクハラなら許す
籐椅子や頭皮に残る海の砂

オリンピック

本番に弱い民族油照り
月の出る方へ全速盲ランナー
朝顔や誰にも告げず引退す
柔道をやめれば楽しい夏が来る
閉会す富者も貧者も喜雨に濡れ

月面まで

したいこととしたくないことを同時にしてしまふことを青春と呼ぶ。

溜め息のぶんだけ戻る夏の昼

お台場が小さく見えて夏の暮

草繁るばかりの島となりにけり

船頭の短き髪や風涼し

提灯を揺らさず屋形舟進む

手花火や昨日がだんだん遠くなる

扇風機つけときやなんとかなるだらう

蚊を払ふ満州時代の貌をして

水中も宙も知らざるアメンボウ

アメンボウ水に拒まれ続けたる

光より重たきものにアメンボウ

アメンボのバラバラにして元の位置

ががんぼが俺のチンポを見て逃げた

噎せてゐる花火をつける役の人

敗戦をとりあつかつた同人誌

コンビニで金をおろして敗戦日

褌は日本の下着葉月潮

妻よりも早起きをして敗戦日

黙禱や時速三〇〇キロの中

目薬のとろみ八月十五日

梅干しの種まで真っ赤油蟬
鳶狂ふ日傘の色の氾濫し
岩ごとに鳥乗せてゐる夏怒濤
神の碑へ近づく舟虫散らしつつ
岩影で尿するための磯遊び
海なのに裸の人が僕だけだ
地味すぎる特急に乗り秋の旅
どこまでも続くたんぼや目が痛い
手動ドア開ければひまはり傾ぎたる
日焼けした塊が待つ無人駅

甲子園のラジオを聞かす葡萄棚
学校より遠くの塾や夏休み
ひまはりと枯れてるへんちくりんなバス
出発地田舎目的地田舎
露天湯の刺さない虻を二の腕に
焼き鮎の冷めきればまた泳ぎさう
慢心に滝の全量降り注ぐ
滝の中静止と爆発繰り返し
中空に漂ふ水も滝の水
何年も主がゐない滝見茶屋

網膜を剥がして滝が降つてくる
涼しさや境目のなき夢現
麦茶飲む海の賑はひ思ひ出し
夏雲は元気ある雲一人旅
日曜競馬実況中継海の家
煙草吸ひながら浮輪の空気抜く
若い子に金を使つて海の家
刺青が本気を出して西瓜割り
おつぱいとシートの間サンオイル
気づいても言はないビキニの緩む紐

夕焼けやはるかなものに親子連れ
髪の毛を結んで台風十八号
転倒を恐れる齢秋の雨
涼しさは滅びを内包してをりぬ
良いことはないかあつても木の実ほど
晴れた日が嫌ひな九月の子になれよ
鰡跳んで乳首をとられたかと思ふ
月ばかり綺麗で水が死者のごと
朝食を大人は残し山に霧
亀虫をつぶせばアジア侵略史

出張の荷物を隅に秋澄めり
半額の西瓜や甘さ半分に
梨だけは電気をつけないでもわかる
食べられない茸をちよつと食べてみる
あの人が食べてゐたのは毒茸
エリンギのかたちの地域クーポン券
不便なる大きな駅や秋の雲
普通の人台風の日に家で死ぬ
眠り方思ひ出さうとして眠る
台風や悪い奴ほど偉くなる

秋の風鈴人は一人で生きられる
先約があつて死ねない蕎麦の花
つまらない映画のやうな秋の昼
林檎剝き会ひたい発作をやりすごす
心病む俺に季節が巡り秋
秋晴れや鬼の立派な喉ちんこ
晩菊や女社長は未亡人
女から身を引く映画秋の夜
憧れはモノクロの世や柿の白
返信があの世に通ず秋の声

馬肥ゆる紺ソックスのぴつたりと
さはやかに他人に厳しい人である
ブラ紐の威風堂堂秋暑し
屁の音が予想通りや夜なべして
ささくれをめくつたやうな流れ星
お守りがぶらさげてある虫の闇
アナウンスの声が割れてる運動会
校了や搾つてジュースにするレモン
重陽や佳きことばかりもくたびれる
縦に刺す買物袋の秋刀魚かな

どこにでもある朝顔の萎れぶり
聞き慣れぬ言葉の町の馬肥ゆる
セプテンバーイレブン下水道に泡
楽しいな水木しげるの墓参り
夜食食ふ夢の続きのやうな味
赤信号みたいな爺小鳥来る
順番を無視してコスモス倒れたる
胴上げの尻の重たさ涙澄む
豊作や二十五年に一回の
疲れたらタクシーがある寺の秋

白萩を辿つて清少納言まで
十年は一昔なる萩の道
蜻蛉の交尾池から出れぬ鯉
こち亀終刊
こちら新宿区風林会館前砂の城
カロリーは見えない悪魔馬肥ゆる
涼新た君はシルクの肌触り
小綺麗に分けられ秋の味覚かな
松茸の写真を借りてきて使ふ
もくもくと筋トレ台風やりすごす
市役所の手続きのごと葡萄食ふ

一週間分の幸せ栗ご飯

出頭をするときはこのパーカーで

人助けするのは涼しくなつてから

棘を持つ虫ばかり来る葛の花

齧歯類系のかはいさ芋団子

酔つぱらひすぎて月には帰れない

新宿の月はゴジラが食べたとさ

洗剤も梨もまとめて神棚に

武田海とユヅの結婚を祝して
海からは月見え月から海が見ゆ

映すとは見つめ合ふこと海に月

ご厚意の酒断れず秋暑し
酒のない国に住みたしやつぱ嘘

鯛

年長者は嫌はれるのがいいと思ふ。
僕もそちら側の一人として。

糸瓜忌のしづかに乾く寝汗かな
龍淵に潜む枕が濡れてゐる
残業や種無し葡萄に小さき種
切つてある柿なら食べるから切つて
絶望も希望も台風十八号
原稿用紙四枚分の虫の闇
富士そばの演歌のかすれ肌寒し
舟に立つ案山子レオナルドデカプリオ
新米と交換すつぺ金メダル
秋の蚊をそつと潰してぶわつと血

東映の華やかなりし敬老日
大粒の芋もよく煮え客を待つ
マンジュシャゲ万引きすると白くなる
秋分や肉の要と書いて腰
高級車ばかりを狙ひ小鳥来る
落ち柿を避けようとせぬ人力車
淡淡と進むお見合ひ懸崖菊
ルールさへ守ればコスモス畑なのに
薬草に月の満ち欠け委ねたる
長き夜の尻振つて読むギャグ漫画

長き夜のアクセサリーとして首輪
千円の皺を伸ばして文化祭
バリカンに熱籠もりゆく秋驟雨
どしやぶりの濁点は雨そぞろ寒
案山子おつ立て性教育の遅れ
街路樹の小さき森にも虫の鳴く
一階を借りて秋刀魚を配りたる
「ツキに家族イルヨ」死をほのめかすフィリピン語
庭のある家から届く虫の声
独り言たまに俳句になる良夜

異動の予感おでんに糸蒟蒻
椎茸の石突きのごと痩せる器具
獅子座流星群変な顔で写る
秋刀魚焼く以外は携帯でも出来る
コルセットきつめに秋の虹潜る
みな種をとられて買はれやすくなる
秋灯やどこかで覚えてきた軍歌
星流る物干竿の中の錆
バラバラのスリッパでくる夜食かな
出血を伴はぬ傷秋の風

タイフーン妻が満足してくれぬ
DVのやうな福神漬けや秋
恐竜図鑑夜の長さをもて余す
良夜かなごぼごぼごぼと下水管
半身浴うなじに星の流れけり
眠れないときの宝石箱整理
かまつかやまさかの戦力外通知
金木犀死後も当然苦労する
ゴージャスな墓の日陰の墓に菊
明細をくしやくしやにして秋の虹

七割が尾花のスタンド花がある
英霊に空借りて寝る秋の雲
愛された人から逝つて蔦紅葉
ポストからあふるるチラシそぞろ寒
合鍵をはじめて使ふ秋刀魚の香
行く秋の体に悪きもの旨し
食道を壊れた稲刈機が通る
道徳は犬のウンコの上の露
水始めて涸るる水商売長し
秋澄むや象のちんこのやうな鯉

繰り返す酒の失敗神の留守

金木犀手ぶらで行けるところまで

過労死の騒ぎや柿が熟れてゐる

鬱兆す秋刀魚の腹に刃を入れて

秋晴れや馬と話せたなら貶す

おつぱいは作れる夜長はやり過ごせる

目に見える速さで秋の蚊が動く

いつだつて早退したいカマドウマ

ガソリンスタンド芒が生え放題

蔦紅葉いつものベンチに違ふ人

貧しさに締めつけられて芋の蔓
首吊りも飛び降りもイヤ秋桜
おけらでも知つてる「東電は人殺し」
秋刀魚なら千匹分の煙かな
時雨忌や雨の真黒になることも
行く秋や世話になるのもまたさみし
夕紅葉したくてできぬ恩返し
心まで貧しくなつて虫の闇
恥づかしき人生でした栗御飯
自己嫌悪止まらぬままに夜食食ふ

秋には秋刀魚レスラーにはパイプ椅子
信用を失ひ残るそぞろ寒
立つたまま余生のごとく葡萄食ふ
肌寒し誰にもなりたくなくて俺
悲しみの深さや割れぬ栗の艶
ちよつとだけ葡萄をつまみまた眠る
月光や白くて大きなバスタオル
満月や暴れる超絶技巧曲
鼠らも飢ゑ出すころや月真つ赤
伝はらぬ言葉が萩となり零る

蓋全部剝がさぬ夜食のカップ麺
萎れたる菊を片付けない展示
手をふつていただく菊の向かうより
さみしさの受け入れ先が彼岸花
動悸止まず月で低温火傷して
ドラフトの当日に炊く栗御飯
悪党になりたし欠ける月を背に
人並みに恋愛をしてむかご飯
頻尿や月に棲む人疑つて
草の花きつとどこかに宇宙人

宇宙からアケビを盗りにやつてくる
ハロウィンは悪しき風習彼は魔女
デパートのきれいなトイレ冬隣
振り向くは月黐りたき鹿ならむ
人生に躓いてゐる案山子かな
出遅れを取り戻せずに猟期来る
朝寒やスープの薄き膜掬す
盆の窪秋の日差しの重たくて
朝寒し電車待つものみな屈み
さはやかでさみしき大麻推進派

鏡台の寒さに毛抜きが置いてある
霜育つ音聞こえるね体温計ピッ
強権の裏で咲きたる女郎花
守り柿いつか忘れてしまふもの
暴言を浴びてすくすく泡立草
秋思かな収支プラスにならんかな
原発を憎んで灯火親しめり
ほかほかはやらしき擬音顔に湯気
神様に嘘一つつき冬支度

化粧

人と同じことをするくらゐなら仲間外れになつた方がいい。

空港の広さは鯖雲四つ分

霧の中いま躊躇ひを切り離す

そぞろ寒機内に小さきゲロ袋

ハロウィンを道後の人は知らざりき

ざわちんの形式季語としてマスク

ハロウィーンもう人間に戻れない

蓑虫や鬱の王子として宙に

借金と駄句を遺して菊になる

焼き芋を食ふ彼の指彼の口

毛糸編む死んでも寒くないやうに

才能を無駄使ひして葉鶏頭

霜月のゴミとなりたる羽と耳

渋滞にバスの巨軀あり文化の日

大麻すら吸へない国の文化の日

文化の日バイト休めぬ短大生

文化の日足裏マッサージの激痛

天才もバカも退屈冬に入る

蟹奢る自分らしさを保つため

おでん屋がまた幾三の真似をする

カーテンに冬が来てゐる好きな歌

死ぬときはほつとしてゐる冬日向

霙降る走れと言はれたから走る

ボジョレーを予約したらし記憶なし

立冬のイタリアになきサイゼリヤ

笑つちやふくらゐ寒くてカレー饅

皇帝の自瀆ポンポンダリア満つ

浅草初冬バイバイとやたらいふ

郷愁の果ての鮃の寄り目かな

虚数だらけ東京の初霜は

ドキュメント番組として雪降らす

分度器を合はせば女陰冬深し
どういたしまして鱈の精子です
校長の最終形態落葉掃く
障子貼り疲れて平行四辺形
母親を売つた話をおでん屋で
塩辛き雪降る釧路の墓群は
是政を死地と決めたる懐手
こんなにも冬日のおけら街道よ
吊るし切りくらゐの自傷は赦されよ
尖る枯木クズにはクズの意地がある

降る雪や浅野内匠頭の鬱

ガチャピンの偽物が来るスキー場

吐き崩るもうクリスマスツリーかよ

八分の一の白菜半分に

流感やみんなで選んだ大統領

そこそこの絶望湯冷めせぬほどの

炬燵から離れたところにあるリモコン

吹雪く夜の背中を流し合つて征く

島国を一度も出ずに冬菫

逃げ転がる硬貨を踏めば寒の月

ポッキーで混ぜる水割り霜の夜
薄給を謝るときの息白し
冬薔薇を腸に詰めたき外科医かな
「鳥居をくぐり抜けて風」鑑賞
木洩れ日にとどまつてゐる木の実かな
木に匂ひ風にかたちや冬日差す
肉よりも魚戦後七十年
鋤焼の肉の疲れて鍋の底
鋤焼の卵ときつつ座りけり
鋤焼によくゐる春菊褒める人
栓抜きが鍋始めても出てこない

冬蜂の負けを継続する意欲
雪になる旋毛のリセットボタンめく
ストーブをつけつぱなしで不貞寝して
寒晴れや三橋美智也のやうな馬
後悔が手の甲に出る日向ぼこ
思ひ出し笑ひを悴みながらする
ジャンパーのどこかが破れ予想業
葬式の匂ひのセーター干されある
美の神を聖樹に縛りつけ殺す
メンヘラです句を書いてます寒いです

涙熱し生きる丁寧さが足りない

雪卸し無口な人と組んでをり

初雪は即身仏の重さかな

談志が死んだ日霰かよ痛えな

冬日向巫女にどきどきしてしまふ

階段をぐんぐん上る古熊手

肩の雪払つて私刑執行す

居眠りの議員字幕に雪予報

青春はやたらと雪に触れたがる

落椿三島に続く者は減り

死にたくて木枯しの先を見てゐた
冬の部屋には僕がたくさんゐるんだよ
外套の髯は大体キューバ人
忘年会の予定を決める忘年会
血の跡がまだあたたたかき霜柱
男色のさみしさぎゅつと手袋に
マフラーを垂れてうとうと残さるる
寒林の鋭さ人を避けてをり
底冷えやゼロはマイナスより暗し
聖樹折り未来はないと伝へたい

白菜をざくざく切つて死は甘美

割れたどのガラスにも星凍ててをり

包丁をもつてうろつく木瓜の花

悼永源遙。十一月二十八日、奇しくもいい唾と読める。

いい唾忌強さは明るさだと思ふ

海鼠の酢体の悪いとこ通る

どうしても蟹が食べたいどうしよう

はや師走自撮りをしないとブスになる

髪の毛を染めたその日に湯冷めして

牛丼はミニで充分年詰まる

「雪に脱糞だあ」流行語にならず

ずつこけてまだマフラーが空中に
忘年会リンゴにペンがさしてある
ザビエルの祝日酒が抜けてくる
ブロッコリーとアダ名をつけた奴と飲む
ブロッコリーblog鰤しやぶぶつ殺す
夜の噴水凍死者を片付けて
ボーナスや予想はすでに決めてある
室咲やかなしむ顔が母に似て
寒の水もしくは経口補水液
携帯にコチジャンついてゐる寒暮

肛門が怖がつてゐるキムチ鍋
ポケットがない服だけどあたたかい
落葉踏む手ぐらゐつなげばよかつたな

ぐるぐる

さーて深爪して寝よ。

クリスマス仕様にされて木が嘆く
漏れさうなときのマフラー長かりき
ストーブの前でもぞもぞ君も痔か
白菜やこれで殴られたら死ぬな
昼間から酒を飲みたる寒稽古
書斎まで鮭と味噌の香寒夜澄む
平行は交はらず消ゆ寒の空
冬晴れのガラスに閉ぢ込められ珈琲
スノボだけは君に誘はれてもいかない
湯冷めして女に生まれて来る罪

枯蔦のだんだん壁の色になる
冬苺誰にも見つからないやうに
葱汁のどかんどかんと切つてある
鮟鱇の口なら君を呑み込める
枯枝を真ん中で折り塾へ行く
湯豆腐は汗をかかないでも痩せる
冬山にへりがむかつてゆくところ
マフラーの豹とキリンが同じ柄
受験時の実家の匂ひがする炬燵
いま死ねば暖房代が跳ね上がる

銀杏散る玉子焼きより明るくて
日向ぼこぼこぼこ圧倒的黄色
誰もゐない冬の神社や乳首立つ
牡蠣剝くや岩のかたちに腰曲がり
捨てられてまだあたたかいホッカイロ
マフラーを巻いても巻いても恋心
二十時は十九時三十分より寒い
土色に着膨れ段ボールの暮らし
手袋を脱ぎつつエレベーター下る
お弁当あたためますかジョン・レノン

大雪の日本にないものを食ふ
見た夢をすぐに暖炉にくべにけり
ぐわんばつて吐けよとマフラーかけてやる
子の顔と大きさ比べられて蟹
十二月八日風呂場で煙草吸ふ
五右衛門の悶絶落葉降り続く
ポケットにジャリ銭ばかり開戦日
闇鍋やプライバシーといはれても
着膨れて夜に紛れてゆくばかり
鰭酒の青き炎が距離縮む

大切にお持ち下さい河豚の毒

泥棒は髯のイメージ根深汁

執筆を逃れて葱を刻みをり

音声の途切るる動画冬ざるる

ハメ撮りに映つてゐたる毛糸玉

重ね着の一番奥の五百円

鍋の具になりさうなほど着膨れて

そして過食冬眠をするわけでもなく

マジックカットがうまく切れたよお富さん

クリスマスソング眠りの妨げに

鍋敷に使ふ分厚い説明書

レシピにはなき南天を付け加ふ

プーチンのそつくりさんが日高屋に

飲めさうなピンクの洗剤冬うらら

洗剤の香り新婚かも知れず

知恵の輪の欠片やホットカーペット

白息や無念の眼閉ぢてやる

頻尿の寒夜に取り残されてゐる

ゲがつけば全部ドイツ語枯木立

ガソリンは飲めない露西亜が寒くても

手袋の手が手袋の手をさする
あぐらかく親分に燗熱くして
捨て猫や雪はあまねく降り続く
弁当の蓋に張り付く寒気団
柚子六個浮かべて全部五号艇
口紅は幻ならず雪女郎
スキーウエアー目薬が出てこない
胃薬のさらさらさらと年を越ゆ
もう少し苦くてもいい風邪薬
座薬挿す障子の穴を気にしつつ

親の亡きポン太よ雪の球技場
多幸否忘年会が多過ぎる
朝ラーメンついでにメリークリスマス
をぢさんのサンタが残りものを売る
クリスマス屋台に小さき星つけて
煙突がなくても無料案内所
ネオンより少し静かに聖樹あり
雪ちらつくここにミラノ座ありしこと
靴下に時間が入つてゐるばかり
きよしこの夜脇に体温計

腰痛のサンタのために鐘が澄む
買物に行くにも聖樹が目に入る
十字架が好きなヤンキーホーリィナイツ
クリスマス抱けば凹みて抱き枕
雪山に罠をしかけて鍋囲む
眠いのに寝れない年越す金がない
古暦自分で読めない自分の字
新宿でぞろぞろ乗ってくる師走
仕事納め今日も誰かが轢かれたる
短日の節電中のプリンター

数へ日のココアをそぐその香り
流感や眼鏡をかけたまま眠る
あれこれとカレーに足して霜の夜
病床で聞く紅白や寝て起きて
一度しか吊れない首や大晦日
煤逃げの違ふ星まで行くことも

いいことはわからないけど
好きなことはわかる。

寸感

『天使の涎』から二年が経つた。

たつた二年と思ふ方もをられるだらうが、そのたつた二年の間をどれほど大事に過ごせたのか。忸怩たる思ひが捨てきれない。

今年は僕の三十代最後の一年である。八十歳まで生きるとしても人生の半分が過ぎたことになる。もつともこの調子だと健康でゐられるのはさう長くないだらうから、勝負できるのはあと十年もない。競馬でいふ最後の直線だ。府中の長い坂を登り切ることはできるのだらうか。

いま僕は焦つてゐる。

時の流れに抗ひきれないことに恐怖すら感じる。新宿の根城を砂の城と名づけたのも、さらさらと崩れていく時間を砂に准へたのが由。焦るほど、傷口は広がつてゆく。瘡蓋といふのはせめての強がりである。

装画は柏原晋平氏にお願ひした。彼も僕と同じ歳。四十代を迎へる孤独と絶望を共有できる数少ない友人である。今回は個展前の忙しい時期に無理を言うて描き下ろしでカバー画を描いていただいた。心から感謝してゐる。ありがたう。落ち着いたらオッパイのあるところで乾杯しよう。

帯をいただいた二村ヒトシ氏にも、心からの感謝を捧げたい。実のことをいふと「屍派」結成時に一番最初に反応してくれたのが、彼であつた。対抗して「クリトリ派」を立ち上げてくれて、飲み屋で大いに盛り上がつたことが懐かしい。変はらぬご交友を願ふ。

『天使の涎』を刊行したときに改めて仲間のありがたさを実感した。僕を支へてくれてゐる「街」「わらがみ」の皆様いつもありがたう。そして「屍派」の悪党ども、お前らが僕の自慢だ。最後まで走り切らうぜ。

平成二十九年三月十四日男が素直になれる日に

北大路　翼

北大路翼（きたおおじ・つばさ）

二〇一〇年朧の頃から新宿に毎夜出没。
二〇一二年四月、芸術公民館を会田誠より譲り受け砂の城に改称。
二〇一五年四月、邑書林より『天使の涎』を刊行、第七回田中裕明賞受賞。

現在　新宿歌舞伎町俳句一家「屍派」家元、砂の城城主

HP　http://shikabaneha.tumblr.com
Twitter　北大路翼 @tenshinoyodare
連絡先　shikabaneha@gmail.com

著　者　北大路　翼 ©kitaoji tsubasa
発行日　二〇一七年五月一〇日初版発行
発行人　山岡喜美子
発行所　ふらんす堂
〒一八二-〇〇〇二東京都調布市仙川町一―一五―三八―二F
電話　〇三（三三二六）九〇六一
FAX〇三（三三二六）六九一九
ホームページ http://furansudo.com/　E-mail info@furansudo.com
印刷製本　三修紙工㈱

時の瘡蓋

ときのかさぶた

装　幀　和　兎
定　価　本体二〇〇〇円＋税
ISBN978-4-7814-0967-2 C0092 ¥2000E